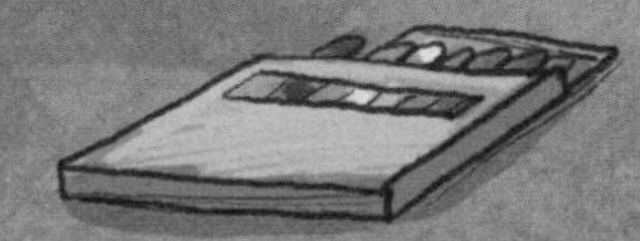

Ilan Brenman Lucía Serrano

LA NIÑA HURACÁN

y el niño esponja

algar

Título original: *A menina furacão e o menino esponja*

Primera edición de Triloeca, Brasil, 2017

Publicado por acuerdo con Patricia Seibel

Estrictamente prohibida
la distribución y venta de esta edición en Brasil

Traducción: Algar Editorial

Apartado de correos 225 - 46600 Alzira
www.algareditorial.com

Impresión: Índice

1.ª edición: octubre, 2018

ISBN: 978-84-9142-226-6

DL.: V-1900-2018

Para Lis e Iris, el viento y la calma de mi vida.
Ilan

Para Candela, mi niña huracán.
Lucía

Ella nació una mañana de tormenta. Mientras su madre gritaba con los dolores del parto, el mundo era un estrépito de truenos y viento, pero el estrépito más grande de todos fue ella, la niña huracán.

Nació con los ojos abiertos, vivos e inquietos. Su boca se movía sin parar en busca de confort en el pecho calentito y seguro de su madre.

Desde muy pronto, todos descubrieron la fuerza del viento en los pulmones de la niña huracán. Lloraba con una fuerza descomunal. Sonreía con la misma intensidad.

La niña huracán se hacía notar. Después de mamar, siempre con mucha hambre, terminaba con la cara llena de leche.

Cuando empezó a gatear, ¡fue un sálvese quien pueda!

Puesto que por donde pasaba lo destruía todo, los padres iban como si fuesen malabaristas salvándolo todo, a la niña huracán incluida.

Cuando empezó a caminar, los padres decidieron acolchar la casa entera: el suelo, el techo, las paredes...

La niña huracán era feliz saltando, girando y dando volteretas por toda la casa.

A la hora de comer, se esforzaba para que no le cayese nada, pero era inútil.

La pared de la cocina parecía una obra de arte, pero en vez de pintura había puré de patatas, judías, trozos de macarrones...

Cuando terminó su primer día de colegio, la maestra parecía más agotada que nunca. Cuando entregó la niña a sus padres, les dijo: «Es un huracán». Los padres sonrieron y abrazaron a su hija.

Cuando tuvo su primera mascota, ¡fue una fiesta única! El cachorro, poco a poco, se fue adaptando a la niña huracán. Daba volteretas con ella, la ayudaba a salvar los objetos que tiraba... ¡Era muy hermoso!

La niña huracán era muy inteligente, tanto, que terminaba los deberes y los exámenes antes que nadie. ¡Quería ser libre para volar!

Un día, la niña huracán conoció al niño esponja.

El niño esponja nació uno de los días más calurosos de la historia. Nació con los ojos cerrados y el cuerpo encogido. Cuando miró a su madre por primera vez, copió su sonrisa tímida.

En casa, apenas lloraba, no pedía demasiado y daba poco trabajo. A veces nadie notaba su presencia, ¡mientras que él notaba la presencia de todos! Tardó en gatear, en andar y en hablar.

Lo hacía todo con mucho cuidado y prestando mucha atención. De hecho, atención tenía de sobra. Vivía observando a todo el mundo a su alrededor y los grababa en su mente.

Cuando terminó su primer día de colegio, la maestra les dijo a sus padres: «Qué niño más bueno». Sus padres le dieron la mano y, tímidos, se fueron.

Cuando tuvo su primera mascota, el niño esponja hizo una fiesta interna. Nadie lo vio ni lo escuchó, solo sonrió. Su tortuga era la pasión del niño esponja.

El niño esponja era muy inteligente, hasta el punto de que siempre era el último en terminar los deberes y los exámenes, porque quería asegurarse de que todo estuviese bien.

Un día, el niño esponja conoció a la niña huracán.

—¡Juguemos a dar volteretas!
—Prefiero ver cómo las das.

—¡Construyamos un castillo de arena con una torre alta hasta el cielo!

—La arena está sucia y a mí me gusta estar limpio.

–¿Dónde vives?
–Allí.
–¡Somos vecinos!

–¿Tienes alguna mascota?
–Sí, una tortuga.

–¡Yo tengo un perrito! ¡Ve a por tu tortuga y yo iré a por mi perrito!
–No puedo, podría escaparse o perderse.
–¡Yo la cuidaré! ¡Soy superresponsable!
–No puedo, la podría atropellar una bicicleta.
–¡Confía en mí! ¡Nadie le hará daño!

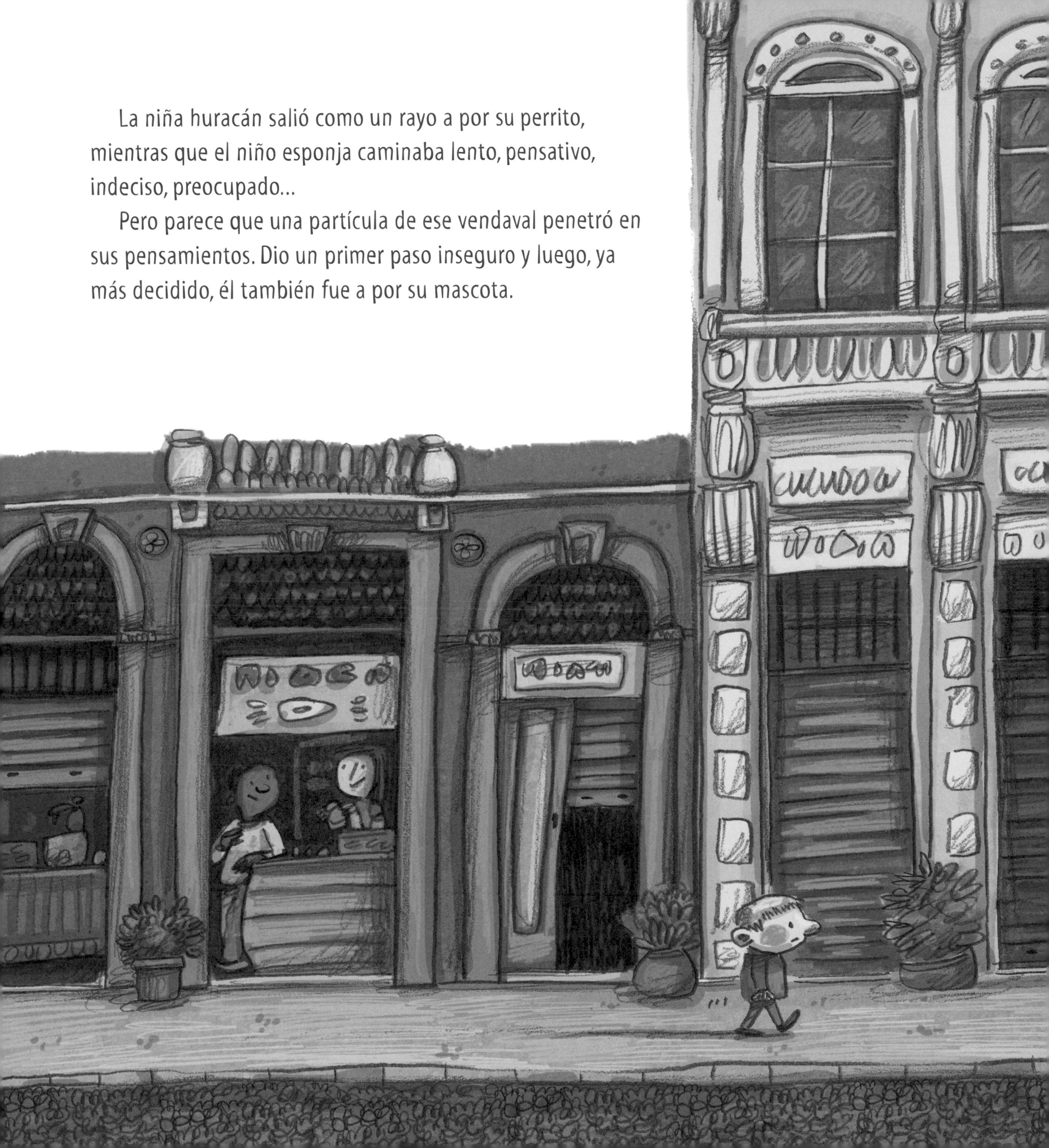

La niña huracán salió como un rayo a por su perrito, mientras que el niño esponja caminaba lento, pensativo, indeciso, preocupado...

Pero parece que una partícula de ese vendaval penetró en sus pensamientos. Dio un primer paso inseguro y luego, ya más decidido, él también fue a por su mascota.

El perrito de la niña huracán no se estaba quieto, ¿por qué sería? El niño esponja se fue acercando poco a poco con la tortuga en las manos, sujeta con mucho cuidado.

—¡Ponla en el suelo!
—Es peligroso. Hay bacterias.
—¡Si se pone enferma, les puedo pedir a mis padres antibióticos para ella!
—¿Qué?
—¡Venga, vamos a jugar! ¡Ponla en el suelo!

El niño esponja respiró hondo, miró a su alrededor y la dejó en el suelo.

El perrito de la niña huracán, curioso, se acercó poco a poco a la tortuga... El niño esponja ya estaba visualizando la imagen del perrito con la cabeza de su tortuga en la boca... ¡Horror!

—Voy a buscarla antes de que pase algún incidente.

—No seas bobo, ellos son animales y se entienden. ¡Mira!

¡El niño esponja estaba paralizado, congelado! La tortuga sacó todo el cuello hacia afuera, el perrito acercó su hocico y... ¡ÑAC!

¡La tortuga mordió la punta de la nariz del perrito, que lanzó un grito y saltó hacia atrás!

La niña huracán empezó a reír sin parar, acarició a su perrito y dijo: «¡A veces los que tienen un aspecto tímido y pequeño nos sorprenden!».

La frase de la niña huracán llegó al corazón del niño esponja, que esbozó una sonrisa que fue creciendo hasta que apareció el sonido de una tímida carcajada. A medida que la risa crecía, el peso que sentía el niño esponja iba disminuyendo.

—¡Dejémoslos que jueguen! ¡Ahora nos toca a nosotros!

Y se pusieron a ello.

Su amistad duró para siempre: el niño esponja aprendiendo a saltar, a girar y a dar volteretas, y la niña huracán aprendiendo a calmarse, a observar y a imaginar.

Ilan Brenman

El brasileño Ilan Brenman ha escrito más de setenta libros infantiles, que se han traducido en más de doce países de todo el mundo, como Alemania, Francia, Suecia, Italia o Polonia. Es licenciado en Psicología por la PUC-SP y doctor en Educación a través de la USP.

El libro *La niña huracán y el niño esponja* es el resultado de sus recuerdos de la infancia sumado a sus experiencias como padre de dos hijas. En Algar ha publicado álbumes de gran éxito como *Las princesas también se tiran pedos*.

Lucía Serrano

Nacida en Madrid, estudió Bellas Artes en la Universidad Complutense de Madrid y, más tarde, Ilustración Infantil en la Escola de la Dona y en la Escola Eina, ambas en Barcelona, lugar donde reside en la actualidad.

Su primer álbum ilustrado fue *El día que olvidé cerrar el grifo*, con el que ganó el Premio Princesa de Éboli en 2008. En 2009, ganó la XIII edición del Concurso a la Orilla del Viento con el libro ¡Qué niño más lento!

En Algar ha ilustrado *Tengo un dragón en la Tripa*, de Beatriz Berrocal.